Lorbeer
Literaturverlag

Coverentwurf: Dietmar Niggeschulze

ISBN 978-3-938969-67-0

Gabriele Franke Gedichte

Duschen im Glück

Lorbeer - Verlag
Bielefeld 2020

Vergangenes

Vorüber

Unendliche Traurigkeit
die Frage nach dem „Warum"
noch unbeantwortet
Ertragen können
was sie verloren hat macht stark
Scheitern gehört zum Leben
Von allen Seiten
umgibt sie Zeit
ohne Erlaubnis sie zu heilen
Atemlos vor Glück
mit seinen seltenen, kostbaren
großen Augenblicken
Unverlierbar grub es sich in ihre Sinne
tiefer, immer vorwärts
Wie einen Schatz hütet sie sein Lachen
kostet den Schmerz
der sich gemeinsam mit der Einsamkeit
in ihrem Bett räkelt
Er ging vorüber
war nicht für sie bestimmt
ihre Augen leuchten von innen

Leidvoll

Wenn eine Wand aus Wolken
das Dunkel der späten Stunde
in tiefe Schwärze tauchte,
lauschte sie, sprachverliebt,
seinen Worten.
Konnte sie schmecken,
auf der Zunge zergehen lassen.
Ihr Verstand löste sich
blickte von oben auf sie herab,
wie in Kunstharz gegossen,
machtlos,
zur Dummheit degradiert.
Sah ihr dabei zu
wie ihre Gefühle
um sie herum schwirrten.
Wie ein Mückenschwarm
der zustach,
ihr Blut saugte.
Ergriffen von Verlangen,
das nicht neu für sie war,
das nicht schmerzte
nichts zerriss,
das sie fliegen ließ
ohne Wind, ohne Geräusch,
das sie schwindelig machte,
von dem sie dachte,
dass sie dieses
niemals mehr
fühlen könnte.
Seine feuchten Lippen,
die Wärme seines Körpers.

Sie war das Gefäß,
das seine Lust empfing,
sie miteinander
verschmelzen ließ.
Wenn nun das Grau
die leuchtenden Farben
des Herbstlaubes schluckt,
muss sie an ihn denken
und Traurigkeit
sitzt in jeder Ecke,
in jedem Winkel.

Tränendes Herz

Ständig anwesend
sprudeln wundervolle
Erinnerungen wie Wasser
welches langsam mein Herz
vom alltäglichen Leben trennt
Wie eine Insel
auf keiner Karte verzeichnet
treibe ich dahin
umgeben
vom Meer meiner Gefühle
Völlig abwesend
gegenüber der spröden Gegenwart
trage ich tapfer
meinen Schatten

Bad

Meine Liebe
nahm ein Bad
tauchte
zum Trocknen
wieder auf
völlig entblößt
ließ krause Einwände
nicht gelten
Sprach mit einer Stimme
die an Sanftheit
fast erstickte
strahlte
Beunruhigende Vernunft
hatte keinen Platz
Worte regneten
durch mich hindurch
betäubt von der Schönheit
dieses Moments -
Verlor mich
in ihm
langsam
in diesen Atemzug
makellosen Glücks

Warum

In jeder Begegnung
in jedem noch so kurzen Augenblick
eines Augenblicks
übermannt mich Schmerz
In diesem Moment
eines Moments
kratzt er an verschorften Wunden
zerfetzt mir mit jedem Atemzug
die Kehle
Ein quälender, bitterer
nicht enden wollender Schmerz
Worte, die an mir kleben
beißen Löcher in meine Haut
Wieder und wieder
ertrinke ich
in seinem Meer
aus Unausgesprochenem

Trotzdem

Ihre Gefühle
so stark
dass sie
ihrem Verstand
nicht trauen kann
Sie weiß es -
doch Empfindungen
drängen
durchzausen ihre Logik
kraftvoll
unstet
ruhelos
Dieses Gefecht
zwischen Herz und Hirn
dreht sich unablässig
Chancenlos
muss sie kapitulieren
mit einem Lachen
das heraus will
in den Augen
ein strahlendes Licht
voll heller Erinnerung

Unfassbar

Menschen
voll mit Freude
Begeisterung
Neugier
Energie
Tatendrang
und Träumen
jung
können hoch über sich
hinaus wachsen
wie Sonnenblumen
Ideen sprudeln
immergrün
wie Efeu
selbst an frostigen Tagen
Rollen
durch pralles Leben
wie ein dicker
schwerer Kürbis
nichts kann sie aufhalten
wachsen wie Moos
aus Ritzen
sprengen wie Gras
den Asphalt
wuchern wie Löwenzahn
im Beton
unaufhaltsam
Immer den Blick zur Sonne
Wo ist dein Stolz
deine Würde
meine Rose

Alle zarten
bedeutungsvollen Lichter
einfach erloschen
Rosen können ihre Blüten
nicht öffnen
im Dunkel der Nacht
das alle Farbe aufsaugt.

Verbrannt

Das Brennen des Kaminfeuers
hallte wieder
in meinen Ohren
oder warst du es
der in meinem Innern
knisterte
Deine Wärme
ummantelte mich
oder waren es deine Worte
die meinen nackten Körper
vor Wonne
glühen ließen
Im Schein der Flammen
deren Schatten
über unsere Gesichter
züngelten
neckten sie mich
entfachten so
einen unauslöschlichen Brand
Ich hätte besonnen
über mein Empfinden
nachdenken sollen -
abwägen -
In diesem Moment
gab ich mich
den Flammen hin
mit keuchendem Atem
Verbrannte wissentlich
in ihren leuchtenden Farben

Ausgezogen

Die Liebe zog aus
warmes Rosarot verschwand
auf leisen Sohlen

Erinnerungen
drängten sich aneinander
wattig aufgereiht

Geheimnisse
fremd - doch so vertraut zugleich
still und transparent

Worte versagten
Zank ist der Rauch der Liebe
alles dreht sich um

Ihre Kehrseite
eine Schönheit mit Narben
von Trauer gefärbt

Vergangen

Sie schließt die Lider
randvoll mit Augenblicken
knisternder Wärme

Mühsam kämpft sie sich
durch Erinnerungsfetzen
zutiefst aufgewühlt

Diese Momente
in ihrem Strudel gefangen
will sie – betrachten

Dieser Mensch im Kopf
vertraut und doch völlig fremd
hat sich glatt geschliffen

Während graue Wolken
wie ausgewrungene Lappen
mitleidig tröpfeln

Unterwegs

Sahara

Wenn die Sonne
die Wüste küsst -
finde deine Ruhe.
Wenn der Wüstenwind
innehält -
lausche -
lausche der Stille,
die undurchdringlich scheint.
Wandel zwischen den Bildern
der Sterne
am lakritzschwarzen Himmel.
Du entdeckst dich
im Nichts.
Dein Oben ist unten,
dein Unten ist oben.
Der Mond liegt auf dem Rücken.
Deine Gedanken -
im warmen Sand.

Frühling in Kalabrien

Grün in allen Nuancen
wie aus Farbeimern
über die Höhen gegossen
fließt wie ein wilder Strom
unaufhaltsam
der alles mitreißt
jede Falte der Landschaft
durchdringt
keinen Zentimeter ausspart
jede Ritze füllt
überquillt
als sei die Spitze des Stiefels
eine Nummer zu eng

Hommage an die Insel Mallorca

Am Nachmittag
die Palmen werfen lange Schatten
erscheint das Sonnenlicht
weicher, goldiger, wärmer
Der Himmel
der hier immer noch
ein bisschen blauer ist
als überall sonst
strahlt wolkenlos
an diesem Frühlingstag
Sonnenstrahlen wärmen
die Wellen des Meeres
Der in Trägheit versunkene Ort
lädt ein
Gedanken zu spinnen
befreit vom Körper
sie leben ihr eigenes Leben
Ein Gefühl von Demut
und Ruhe umhüllt uns
Die Landschaft
von Bergen durchzogen
wie ausgedacht
von einem romantischen Maler
strichweise ganz gelb
Bienen tanzen
durch unzählige Kelche
Sehnsüchte verscheucht
für eine vorübergehende
großartige Zeit

Bajo de los Sables

Kahlköpfige, steinerne
zerfurchte Rücken
überwältigend
ursprünglich
einst ausgespuckt
aus dem Schoß der Erde
Geschliffen vom Wind
gepeitscht von Stürmen
An ihren Füßen
wo das Land endet
knabbert kristallklar
der Ozean
Ringsum nichts
als schwarze Steine
weißer Sand
rundliche Dünen
mit wilden Grasfrisuren

Der Kuss des Meeres

Seegras flattert
im nasskalten Wind
auf feuchtem Boden
Deine raue, scharfkantige Schale
berührt hart
meine Lippen
Bereitwillig
lässt du dich öffnen
bevor dein Kuss
meine Zungenspitze berührt
du meinen Mund flutest
einnimmst, ausfüllst
Mit dir schmecke ich den Ozean
Spüre seine Wogen,
die mich kühl erfrischen
sein Salz
Schließe meine Augen -
der Spritzer Zitrone
ist die Sonne
die mit köstlicher Wärme
meinen Gaumen streichelt

Der Frühlingsgeschmack der Nordsee

Unerbittlich
bläst tobender Wind aus Ost
Sein eiskalter Atem
massiert unsere Gesichter
Füße stapfen über Seegraswiesen
die im Frühling
wie ein zertretener
alter Filzteppich anmuten
manchmal auch
wie verrottete Kuhfelle
schwarzfleckige Sisalmatten
Weich und nachgiebig
der feuchte Grund
Büschel von glänzend weißen
ausgeblichenen Gräsern flattern wild
Die Luft ist leicht
riecht nach Sand und Salz
Strandhafer zeigt leicht verschämt
seine ersten üppig grünen Triebe
Hell leuchtet, fast weiß
der Sand der Rattendüne
Wir sehen das Meer glitzern
wie den Rand einer Spitzendecke
wissen, dass hier das Land endet
Es ist so kalt – die Sonne räumt auf
die letzten Wolkenfetzen
ergreifen die Flucht
plötzlich, kobaltblau der Himmel
Doch ihre wärmenden Strahlen
verenden im eisigen Ostwind
Möwen lachen

Cenote

Säulen aus Licht
durchdringen dunkles Gewölbe
als hätte jemand
ein Loch hinein geschnitten
gewoben aus Millionen Tropfen
die vollgesogen mit Sonne
aus kreisrunder Öffnung
wie ein Vorhang
aus funkelnden Edelsteinen
rauschend zu Boden stürzen
einen unterirdischen See bilden -
hell schimmert sein türkisgrünes Wasser
angenehme Kühle
trifft auf schwülheiße Luft
des Dschungels
Fischschwärme drehen ihre Runden
Vögel fliegen durch ihre Strahlen
fröhlich fiepsend
scheinbar unstet und ruhelos
unter verwegenen Tropfsteinfiguren
die kopfüber
an der Decke kleben

Baltisches Meer

Hinter den Dünen
dort wo die Wellen sich brechen
ins Meer zurückrollen
dort wo die ständige Brise
Muster in den Sand zeichnet
dort wo sich die letzten
Halme des Strandhafers verlieren
dort wo der Wind kräftiger weht
dort sollte man horchen
wie das Wasser unermüdlich
Kieselsteine, Muschelschalen
durch die Brandung rollt
dort sollte man schweigen
den Rufen der Möwen lauschen
den Segeln, die im Wind schlagen
das Lichtspiel betrachten
wenn der Himmel das Wasser küsst
Schatten der Meeresvögel
über den Strand huschen -
Jede andere Sprache klänge zu banal

Tallinn

Diese Stadt
weit im Nordosten
mit ihrem „kurzen Bein“
ohne Strumpf
dafür mit zeitzerfurchten Stufen
Ihr „langes Bein“
das gerade ausgestreckt
mit seinem Kopfsteinpflaster
genau wie das kurze
von unten nach oben
von oben nach unten führt
im nicht fassbaren Fluss der Zeit
Man schaut oben herab
auf den Hafen
über Baumkronen
auf dicke rotzieglige Wehrtürme
über Dächer und spitze Türme
mitten hinein in verwunschene Gassen
hunderte Jahre alt
voller Geschichten
Atmet die salzig aromatische Brise
des baltischen Meeres
Unten hält man seine Nasenlöcher
trotzig in den oft rauen Wind
der Geruch von saurem Kraut und würzigem Braten
klettert in Nasenlöcher
umweht von einem zarten,
unwiderstehlichen Hauch -
es duftet nach Marzipan

Kurische Nehrung

Mit Booten setzen wir
über das süße Wasser des Haffs
das am frühen Morgen
noch den Fischern gehört
in feuchter Kühle
Ankern am Sandfinger
der uns mit stillen
smaragdgrünen Wäldern empfängt
im Spätsommer
der hier nach Nadelwald
und Pilzen duftet
vorbei an hölzernen Häusern
mit ihren schilfgedeckten Dächern
bis sich sein Grün verliert
Den Blick freigibt
auf die Sahara des Ostens
Ein wasserloses Meer
aus fein gerippteм hellen Sand
der sich über die Halbinsel ausschüttet
bis zur anderen Seite
wo sich diese kahle Weite
mit den salzigen Wellen
der See verbindet
die mit ihren breiten,
leeren Stränden
zum Verweilen einlädt
Im Winter so bitterkalt,
dass der Atem Wolken wirft

Memel

Gemächlich fließt sie
durch heute noch
menschenleere Gegenden
Linden, Eichen, Eschen,
Tannen, Apfelbäume
wie Konfetti
in die Landschaft geworfen
Schilfwälder säumen ihr Ufer
noch haben sie ihre Bettdecke
aus grau glitzerndem Tau nicht gelupft
Storchennester blicken allseits herab
Auf hellen Sandbänken
schreiten Silberreiher
Eisvögel tauchen ab -
feuchte Wildnis
von der Sonne gewärmt
aber nie getrocknet
Wollgraswiesen
Sonnentau
Moltebeeren im Torfmoor
strahlen wie Bernsteintropfen
Ihr Geschmack süß und herb zugleich
schließe diesen Blick ein
denn wenn du ihn verlierst
wirst du ein Leben lang
mit Sehnsucht erfüllt sein

Mirador el Time

Es kostet Kraft
ihre Höhen zu bezwingen
Wind zerrt im Haar
Narbige Wege
dem spröden Gestein
abgerungen
winden sich aufwärts
über den Rand des Abgrunds
bröckelige Pfade
Kehren öffnen Fenster
mit Ausblicken
die den Atem rauben
scharfkantige Felsen
Sukkulenten, die sich festkrallen
in der bizarr erstarrten Lava
Faltig grüne Berge
von denen vom Wind zerfledderte
Bananenblätter grüßen
Sonnenfunkelndes Meer
Der Himmel blau und weit

Fuente de Guairin

Vom Bergrücken abwärts
tauchen wir ein
in den Nebelwald
kühl ist es dort
und feucht
Die Stämme tragen
Mooshosen
geflochtene Bärte
Bucklige Felsen
versteckt
unter grünen Mützen
Unsere Schritte versinken
in einem hellbraunen Nadelteppich
Ist es das Geflüster
der Pinien im Wind
oder schon das Strudeln der Quelle

La Palmas Süden

Breiige Hitze
fläzt sich
auf tiefdunklen
starren Lavaströmen
von Schluchten durchzogen
steinig und karg
durchwirkt
von Wolkenschwaden
In Senken und Ritzen
grüne, kugelige Oasen
wie ins Land gesprenkelt
hin und her bewegt
durch die flüchtige
Berührung des Windes
Wolken verziehen sich
als würde eine Decke
von den Bergen gezogen
über ihnen nichts
als blaue Weite

Phantasie

Warum müssen wir keine Leitern erklimmen,
um im Meer zu baden?
Das Funkeln der Sterne
lässt sich nicht an die Zimmerdecke hängen.
Die Strahlen der Sonne,
die uns mit langen Fingern umarmen
können wir nicht als Weste tragen.
Unmöglich im Bauch eines Wales
die Welt zu umrunden.
Versteck spielen
in weißen Wattewolken
auf tiefgründig samtblauen Wegen.
Nicht alles wird machbar sein, erklärbar.
Wir müssen nicht alles erreichen,
aber nie sollten wir aufhören zu träumen.

Promenade im Dezember

Noch hat die Sonne
es nicht geschafft
über die Hausdächer zu klettern
sie hangelt strahlend
zwischen den Stämmen der Bäume
die wie dicke, tiefbraune
Lakritzstangen dastehen
Ihr Licht berührt
ausgehobene Erdhügel
die in der Nacht
vom Frost
in Eiskristalle gerollt wurden
Nun wie ein zuckerbestäubter
Mandelstollen ausschauen
Formschöne, knusprigbraune
Eichenblätter
häufen sich am Wegrand
wie feinstes Weihnachtsgebäck
Stiefel schliddern
über puderzuckerweißen Asphalt

Sommer 2018

Er lutscht das Grün
aus jedem Halm
brät das Moos
in den Fugen
des heißen Asphalts
Sein brennender Atem
saust wild herum
verrennt sich
in Blätterkleidern
die ihr üppiges Sommergrün
verlieren
Braun – die Farbe dieses Sommers
Wabernde Nachmittagshitze
steigt aus dem Beton
Füße schnappen nach Luft
Er hat seinen eigenen Charakter
Die untergehende Sonne
taucht vertrocknete Erdtöne
verkrustete, staubige Böden
in seidenweiche,
flammende Orangetöne
lässt Hitze verweilen
die aufdringlich
unseren Schlaf flutet
an uns klebt wie Fliegen
intensiv und warm

Septemberwind

Der Sommer hat Spuren hinterlassen
Welke Blätter krümmen sich
Gras sticht in dürren
hellbraunen Büscheln
aus trockener Erde
Die Sonne hat zugebissen
Die Luft unbewegt
glühend heiß
Vom Asphalt lodert
blendende Nachmittagshitze empor
Wie nun der Wind
die Blätter liebkost -
das Laub im warmen Septemberwind
tanzen lässt
der kein Regengesicht zeigt
Es tröpfelt Haselnüsse
es regnet Kastanien

Ein Hauch Sommer

Nebel liegt noch schläfrig
auf Hausdächern
in seinen langen, weißen
wallenden Gewändern
bleich, blass
Bäume, Sträucher
haben ihr tiefes,
wohltuendes Grün verloren
Laubblätter spielen Fangen
im warmen Oktoberwind
Knistern am Ast
purpurrot, primelgelb, kastanienbraun
Geblendet vom plötzlichen Licht
stolpern Füße wie durch Juniwärme
über blattverzierte Wege
tauchen lustvoll ein
Der Herbst flirtet kokett
mit unseren Augen
die in seiner makellosen
Schönheit schwimmen
Nasenflügel wittern Pilzgrau

Wattenscheid

Mochte den Geruch
von schwarzem Pumpernickel
bei Windrichtung Ost

Bestaunte den Himmel
wenn er in flammendem Rot
der Hochöfen glühte

Machte Halbe Halbe
sonntags vor dem Kirchgang
mit dem lieben Gott

Am Selterbüdchen
für fünf Pfennig Esspapier
und zehn Silberlinge

Tanzte Gummitwist
im Schein der Gaslaternen
fürchtete den Nebel

Hatte Angst bei Gewitter
liebte den Spielplatz im Park
die Bühne im Wald

Meine kleine Stadt
schon immer wohne ich in dir
bin mit dir gewachsen

Erzbahntrasse

Haselnussschalen
säumen den Wegrand
wer hat schon probiert

Lange dunkle Schatten
überspannen die Trasse
zeichnen Pfützen von Licht

Weidenröschen
schon fast verblüht tragen nun
ihren Wattebart

Ich radel hinein
ins Grillenkonzert (open air)
lausche den Fröschen

Zwischen Engelwurz
und wilder Möhre atme ich
gelben Honigklee

Leuchtende Goldruten
stehen bald in voller Blüte
unter'm Förderturm

Neben den Gleisen

Richtung Revier
beginnen die Graffitis
auf Endlosschutzwänden
Kein Quadratmeter Mauerwerk
bleibt verschont
Tapeziert mit hundert Bildergeschichten -
viel zu schnell rollt der Zug
um sie alle zu deuten
Schlingpflanzen
dösen auf der Sonnenseite
Wunderbar
einmal nichts zu denken
sich haltlos zu verlieren
in den Grüntönen
des jungen Frühlings
schwerelos einzutauchen
in das helle, eintönige
Blaugrau des Himmels
Ich betrachte das Muster der Milch
in meinem Becher Kaffee
wie es leicht schaukelt
und schwankt
Im nächsten Bahnhof
klaubt jemand eine Flasche aus dem Müll
Die meisten Koffer sind schwarz
Köpfe mit Hut
sieht man nur selten
Beine, die in Turnschuhen stecken
in unendlicher Vielzahl
gebeugte Gesichter
die fast mit dunklen

Kästchen verschmelzen
Die Sonne brennt auf meiner Wange
Ausgetrocknete Regentropfen
zeichnen diffuse Muster
auf die Scheibe
Nächster Halt
Essen Hbf

Der Eintopf des Reviers

Wie ein gefräßiger Wurm
kriecht sie unterirdisch
an endlosen hungrigen Mauern entlang
bis sie sich endlich
bergauf ins Tageslicht beißt
das blendend hell unsere Augen füllt
Vorbei an alter Industriekultur
Quietschend legt sich der stählerne Wurm
in die Kurve, rührt um
lässt die Siedlungen
der ehemaligen Stahlarbeiter hinter sich
Schleicht so nah
an Hausfassaden vorbei
dass man die Blüten aus den Töpfen
hinter den Fensterscheiben
pflücken könnte
Hauseinfahrten eröffnen Blicke
auf ein Buffet aus
Hinterhöfen, dunklen Garagentoren
satt grünen Bäumen, bunten Gärten
Baumlose, abgefressene Nebenstraßen zweigen ab
Aus dem süßen Büdchen meiner Kindheit
ist ein Hundesalon geworden
Wer würde all dies vermuten
hinter den tristen Hausfassaden

Westpark

Eine visuelle Symphonie
orchestriert aus den Farben
von Backsteinen
rostigem Stahl
Bäumen, zittrigem Gras
und gekräuseltem Wasser
Die Ohren gefüllt
mit dem Quaken der Frösche
dem Geschnatter der Enten
dem Surren der Insektenschwärme
Flatternde Schlingpflanzen
ein grüner Dschungel
auf alten Bahnschienen
an den Wegrändern
haben Unkräuter
die Kanten abgefressen
Graffitis erstrahlen
in frischen, satten Tönen
Eine Oase der Ruhe
der Schönheit
um Gedanken zu füttern
sich der Hektik zu entziehen
aufzutanken
inmitten einer hungrigen, schnellen Stadt

Entlang dem Leinpfad

Der Fluss bewegt sich
in seinem schönsten Gewand
tiefblau fließt er
in seinem Bett
glitzert und funkelt
im Sonnenschein
eidottergelb leuchten
an seiner Bettkante
tausend Seerosen
Herkules räkelt sich
mit seinen tellergroßen Dolden
zu beiden Seiten
Eschen senken ihre Häupter
als wollten sie trinken
buschiggrüne Fabelwesen
die Wege an seinen Ufern sind glatt
doch manchmal
zeigt sich holprig
ihr altes Gesicht
grobes Kopfsteinpflaster
rüttelt uns durch
zogen doch Pferde
beladen mit schwarzer Kohle
stromaufwärts
lässt man der Phantasie ihren Lauf
hört man den Klang ihrer Hufe -
das Schnauben -
den herben Geruch ihres Schweißes
in der Nase

Geräuschkulissen

Irischer Dudelsack

An rauen Windtagen
klingen
aus den kargen Hügeln
des Burren
die Melodien
der Ellenbogenpfeifen.
Sie tanzen
auf grauen Steinmauern,
pusten
über breite Wollschafrücken,
erklimmen
sanfte Steinterrassen,
rollen rund
im Gewirr
der Kalksteinrinnen.
Blinzeln neugierig
unter steinernen Tischen hervor,
werden leiser
wenn dicke Wolken
das Land umarmen.
Vereinen sich
mit dem immer
wiederkehrenden Regen.
Purzeln mit ihm
ungestüm und unermüdlich
ins grüne Land-
denn Irland ist voll,
voll mit Musik.

Nachtmusik

Stehen am Fenster
blicken auf die Stadt,
atmen ihre Akkorde.
Sehen das kaum wahrnehmbare
Affetto ihrer Neonreklamen.
Schmecken das infernale Rauschen
des nie enden wollenden Verkehrs.
Ihre Luft trommelt
in unseren Ohren
einen Kanon aus Abgasen, Müll,
frittiertem Fisch und Kastanienblüten.
Wiegen uns rhythmisch
mit nackten Füßen,
wenn Sonnenglut aus Beton kriecht.
So singt die Nacht in unseren Augen.
Im Spiegelbild
inhalieren wir sie,
kauen erneut ihre Kakophonie.
Nie sind wir allein,
ihre Töne begleiten uns,
ihre rohen Stimmen
nebeln uns ein.
Wir verschmelzen im Chor -
sind eine Note in ihr.

Le Grand Tango

Regen quillt aus Tasten
fällt, zerläuft, schwillt an.
Heiser schnauft das Cello.

Felsbrockenklänge poltern,
stürzen über nasses Erdreich -
der Streicher wehrt sich.

Streitet vehement,
zwingt seinen Bogen
zum Wettstreit.

Eine Tänzerin – schweißgebadet
weggestoßen, verzweifelt ihr Blick -
einer ungelenken Puppe gleich.

Ihr unsichtbares Pendant
reißt sie, zerrt sie -
ihre Füße stolpern.

Sie ist wehrlos.
Die Noten streiten -
es ist ein trauriger Tango

Geraubte Töne

Vermisste das großartige Konzert,
fröhliches Zwitschern und Jubilieren,
wenn der Tag erwacht.

Hängte meine Ohren zum Fenster hinaus,
doch Straßenlärm verschluckte lauthals
ihren vielstimmigen Chor.

Ungedämpft krakeelend
erhob er wütend sein Geschrei
selbst wenn die Sterne schon blinzelten.

Sein schwarzes Maul
zerkaute zarte Melodien
fraß helle, fröhliche Töne.

Nun bin ich reich beschenkt
höre Trällern und Summen,
Flöten und Zirpen.

Kiwitt begrüßt mich,
Meisen schilpen aufgeregt, Tauben gurren,
der Specht hat viel zu tun.

Möchte mit einstimmen
schallernd und tirilierend
in diesen Kanon.

Betöre

Betöre
mit Worten,
mit einer Stimme,
die das Herz
lachen lässt.
Man munkelt
einfache, ehrliche Sprache
kommt aus dem Bauch,
aus dem Kopf
nur das Gekünstelte -
ohne Zauber.
Verspinne Zeilen
unausgesprochener Gedanken.
Altes ist meist
interessanter als Junges,
es steckt mehr Leben drin.
Entsafte verstörende Emotionen,
die den Geist umwölken.
Alles mischt sich neu,
Farben entstehen,
lautmalen bunt.
Füttere deine kleine Welt
mit Worten.
Sie sind die Farbtupfer
deines Seins
schmecken spektakulär und wunderbar.

Texte

Einige Worte rieseln ins Herz wie Schnee
sie erfrischen angenehm
lausche ihnen

Kleine Silben zergehen auf der Zunge
sie haben Geschmack
variiere sie immer neu

Jede Zeile hat ihren eigenen Charakter
sie zaubert Bilder
verliere sie nicht aus dem Blick

Manche Verse fallen auf die Seele
sie werden wachsen
lebe mit meinen Worten

Diese Texte erzählen von meinem Denken
ganz tief in mir
denn jeder Buchstabe darin bin ich

Kommentarlos

Im Osten hellt der Himmel auf
Morgenluft beginnt
sich schon zu erwärmen
Ich fühle
das durch die Wolken
brechende Sonnenlicht
Trotzdem bin ich durchtränkt
von schwer zu Beschreibenden
erfüllt mit verschraubten Gedanken
Ich warte und schreibe
ich schreibe und warte
wenn es mich zerreißt
wenn es in mir tobt
wenn es in mir stöhnt
Es überkommt mich die Scham
wie ein warmer klebriger Sirup
wenn meine Worte
scheinbar
ungehört bleiben

Eine Stimme

die vibriert
deren Klänge
meine Wange streicheln
mich geradezu
atemlos macht
Dieses Glück
gibt sich weiter
treibt Wurzeln
bei mir
in mir
auf mir
unter mir
neben mir
bis ich mich vor Lust
entgegen biege

Worte

Einmal ausgespuckt
können sie Welten verändern,
kehren niemals zurück.

Umhüllen ganz warm,
spenden Trost, berühren uns,
zeichnen Lachen.

Erzeugen Spannung,
fesseln ohne sichtbare Ketten,
machen mutig.

Mähen Verstand nieder,
schärfer als jede Sense.
Verletzen – abgrundtief.

Abgegriffen, staubig
tänzeln sie langweilig umher,
versickern ungehört.

Mächtiger als Waffen,
streuen Salz in unsere Wunden,
brennen nieder ohne Flamme.

Tun was sie wollen.
Ausgesprochene Worte
fliegen mit dem Wind.

Musik

Wir lauschen ihren Tönen,
schmecken den Klang,
trinken den Takt,
baden im Rhythmus,
atmen ihre Melodie.
Sie ist der Schlüssel
zum archivierten Leben.
Schafft Energien
für unseren inneren Projektor.
Wirft Bilder auf verborgene Leinwände.
Immer wieder abrufbar -
können unser Hören
nicht trennen
vom Fühlen und Denken.
Gedanken gehen spazieren,
brechen aus,
entführen uns -
Wir wiederholen
unbeholfen
Zärtlichkeiten,
Berührungen.
Schauer balancieren -
auf Haut.
Stolpern
durch Zittern im Innern,
entschwinden mit ihr
an uns eigene Orte

Heimat

Gedankenkonfetti
schwirrt herum
Ist sie verliebt
in seine blauen Augen
Herzklopfen

Zeichne
ihre Formen
jenseits deiner Augen
wenn sie dich umarmt
leidenschaftlich

Unverhüllt
tanzen sie
durchflutet von Verlangen
Schatten bemalen den Boden
paradiesgrün

Liebe auf Distanz
eine Hälfte im Gestern
Ich war dir so nah
Die Andere im Morgen
du bist noch so weit entfernt

Der graue Alltag
zeitgetaktet unterwegs
macht Lust auf Sonne
Terminlose Tagträume
torkeln dann durch warme Luft

Die Uhren schieben
Stunden einen Strich weiter
während Fliederduft
durch die Balkontür gleitet
verrührt mit Frühlingsträumen

Fahle Lichtstreifen
kündigen den Morgen an
pelzige Stille
regungslos hängt der Nebel
wie ein nass grauer Vorhang

In unserer Umarmung
haben wir uns getrunken
aller Durst hört auf
bis der nächste Tag beginnt
vierarmig und vierbeinig

Apfelbaumblüten
leuchten cremeweiß in der Nacht
vom Mond belächelt

Krokusse drängeln
der Frühling hat angeklopft
Regen wäscht die Luft

Nur ein Augenblick
das Feuer deines Lächelns
rieb meine Wange

Das Unkraut wuchert
sagen wir ihm den Kampf an
mit vereinter Kraft

Bin wunschlos glücklich
wenn die Sonne nicht versinkt
die Uhren streiken

In jungen Jahren
liebte ich seine Bilder
jetzt lieb ich auch ihn

Mein Puls galoppiert
rast ungebremst auf dich zu
bestimmt die Richtung

Winterberührung
hast mein Herz stibitzt
meine Seele tanzt

Möchte Zärtlichkeit
bis zum Überfluss trinken
in deinen Armen

Reißendes Warten
verbrannte in den Flammen
lodernder Freude

Am klaren Himmel
frisch poliert vom Frühlingswind
die ersten Schwalben

Das Meer, ruhig, glatt
Uferfelsen spiegeln sich
kopfüber im Nichts

Tropische Träume
das einzige Wintereis
schwimmt funkelnd im Glas

Sommerberührung
unser Himmel lacht Tränen
wir duschen im Glück

Liebe

Schlaf gut

Leg deine Hand in meine
wenn der Tag
sich langsam auflöst
er einfach
hinter den Häusern verschwindet

Ein glänzender Ball
beugt sich zum Fenster herein
hab keine Angst
der Mond rudert am Himmel
zwischen glimmenden Sternen

Auch der Wind
der so viele Sprachen spricht
macht Musik
zu der Wolken tanzen
kitzlige Schatten hüpfen

Müde geworden ist der Tag
er gähnt – schließ‘ deine Augen
helle Träume sollen dich begleiten
auf deiner täglichen Reise
durch die Nacht

Greta

Geschwind
wie eine Maus
krabbelst du
mit dem Wind
um die Wette
Schlägst Haken
ertastest die Welt
mit deinen kleinen Händen
die schon kräftig
zupacken können
Erkundest alle Dinge
mit dem Mund
aus dem bald die ersten
Einwortsätze pladdern
Stellst erstaunt fest
dass doch nicht alles
lecker schmeckt
Langsam richtest du
deinen Körper auf
an Stühlen, Tischen, Wänden
Nicht so schlimm wenn du fällst
denn nur so kannst du
den Boden unter den Füßen
wirklich spüren
Das Leben ein Abenteuer
auch wenn‘s manchmal weh tut
Deine ozeanblauen Augen
strahlen voller Stolz
geschafft
Die Lippen leuchten noch
erdbeerrot vom Naschen

Alte Liebe I

Grau ist ihr Haar geworden
in all den Jahrzehnten
zärtlich berührt er eine Strähne
lächelt sie an
aus faltenumspülten Augen
weißer Flaum
bedeckt seine Wangen
seine blassroten Lippen
bemerken
wie schön sie immer noch ist

Alte Liebe II

Markttag im August
maisgelbe Pfifferlinge
wilde Heidelbeeren
liegen im Korb
die, die die Zähne blau färben
Ihre Schritte sind
etwas unsicher geworden
wie die Zeit
Behutsam gleitet
seine Hand in die ihre
glücklich und zufrieden
einander zu haben

Wärme

Vom Alter gezeichnet
In Furchen
in denen sich
das Leben einkerbte
wuchern Falten
Manchmal
widersprechen die Beine
Er reicht stützend
seinen Arm
nimmt ihre Tasche
haucht einen Kuss
in den Faltenwald
ihrer Stirn
Ein Kräuseln
hebt ihre Lippen
zu einem Lachen
Zwischen ihnen
Verbundenheit
freundliche Worte
Wärme

Ganz plötzlich

mit den letzten Rufen
der Kraniche
ist sie voller Liebe
Alle trüben Gedanken
ziehen mit ihnen weit fort
durch sonnenfunkelnde Herbstluft
Der Winter lauert schon
voller Versprechungen
wenn die ersten Holzscheite
leise im Kamin knistern
Glück ist nicht laut

Schritte

Schritt nach Schritt
Beziehungen verlassen
die gekentert an mir klebten
raus aus dem düsteren Labyrinth
von wütenden Gedanken und Schmerz

Schritt um Schritt
mich ihnen stellen
Körper und Denken in Bewegung halten
mich nicht aufkündigen, nicht versanden
keine hohle Minute lang

Schritt für Schritt
mich erneut einlassen
vor Verlangen brennen
eine geheimnisvolle Zukunft anlächelnd
die mein Herz neu sortiert hat

Unwissend

Unwissend
wie bereit sie war
für einen Menschen
der sie ausfüllt
fühlt sie sich
wie eine Flasche
voller Sodawasser
Heftig geschüttelt
perlt alles aus ihr heraus
Unberechenbar
ist die Dreistigkeit der Liebe
die kühn lachend
in ihr Quartier bezogen hat

Sie liebt den Wind

Er kennt so viele Sprachen

In sommerlicher Wärme berührt er sanft
ihre sonnenbefleckte Haut
säuselt ihr ins Ohr
flüstert von unendlich
vielen Möglichkeiten
hinterlässt ein Lächeln
auf ihren Lippen

In herbstlicher Frische
wird er stärker, packt zu
Fauchend, pfeifend
schüttelt er alles Laub von den Bäumen
bestaunt ihre betörende,
blattlose Gestalt
Tropfen gleiten auf nassen Grund

In frostiger Winterkälte
zieht er jaulend um Häuser
rüttelt am Dach, brodelt, tost
Wohlig warm hüpft Feuerschein durchs Haus
beleckt ihre Nacktheit
ihr Verlangen verschmilzt
mit seinem Rauschen

In klarer Frühlingsluft
vibriert seine Stimme
nur so vor Kraft
schiebt schneeschwere Wolken vom Himmel
Noch bevor ihnen die Nacht entgegen gähnt
bettet er sie in ein Meer
aus bunten Blütenblättern

Ich liebe Bilder

Gezeichnet mit strahlendem Zinober -
es wärmt
vermalt mit großartigem Blau -
es leuchtet
spitzbübig, schelmisch
Vertupf‘ Sonnenstrahlen
mit Quittengelb
es lacht
Schaumkronen des Meeres
sollten glänzen
in schneidigem Weiß
sie fließen
Alle Farben leben
in deinem Kopf
Sie fluten dein Sein
Bedien‘ dich
ihrer grandiosen, bunten Sprache
Tausch sattes Braun
und blasses Gelb aus
spiel‘ mit Spinatgrün
Lass Eisblau schmelzen
Verteil‘ ihr Licht
wie Puderzucker
auf einer Torte

Für uns

Lass uns versuchen
den Wind zu fangen
wenn er Anlauf nimmt
Lass uns nachsehen
wohin das Meer
bei Ebbe verschwindet
Lass uns zuschauen
wie der Mond
am Wasser zieht
Lass uns den Blättern
beim Fliegen zusehen
im Licht der Abenddämmerung
Lass uns lieben
in unendlicher Zärtlichkeit
unter dem Samttuch der Nacht

Gemeinsam altern

Eingegrabene Jahre
lassen sich vor dem Spiegel
nicht wegwischen
Jeder trägt Geschichten in sich
Reichtümer an Emotionen
Sie sind der Klebstoff
unserer Erinnerungen
Schon tragen wir
das Gelb und Rot
des Herbstes an uns
Trotzdem können wir
mit unseren Lippen
seidige, zarte Haut genießen
die Geschmeidigkeit
unseres Fleisches spüren
Erregungsgrade steigern
Köstliche neue Seiten aufschlagen
Uns betören und inspirieren
Lass uns jene Zeit
gemeinsam ausschöpfen

Ich liebe es

nackt zu sein
Unbeherrschtheit
ohne Ausschweifungen
und doch
ohne Maß
Diese Augenblicke
in denen wir
von Sinnen sind
Ich meinen Atem höre
In deinen Augen lese
wenn meine nackten Schenkel
dein Ohr
liebkosen

Ohne Blüten

Zartrosa der Morgenhimmel
wieder erwartet mich
ein sonnenverwöhnter Tag
Ich bestaune
die bezaubernde Vielfalt
steil aufragender Berge
atme
den unwiderstehlichen Duft
phantastischer Wälder
schlendere
durch verschlafene, stille Orte
erlebe
kulinarische Abenteuer
finde
kurvige, holprige Pisten
die mich
zu kühnen, wilden Stränden führen
Letzte Sonnenstrahlen
wärmen meine Haut
Der Abendhimmel
verliert sich wieder einmal
in der Pracht seiner Sterne
Alles perfekt
doch erscheint mir
diese paradiesische Insel
wie ein Garten
voller Stängel ohne Blüten
Du fehlst mir

Neues Leben

Wieder einmal
bin ich viel zu früh
aufgewacht
Warte unruhig
bis die Nacht
zum Tag wird
Befinde mich
im freien Fall
Aufregung, Spannung
Angst, Freude, Liebe
Hin – und hergerissen
zwischen meinem alten
und meinem neuen Leben
Blass geht die Sonne auf
Mein Herz rast wild
anhalten geht jetzt nicht mehr
Nichts lässt sich kontrollieren
Laufe einfach
wohin mein Bauch mich führt
denn dieser Weg
fühlt sich gut an

Eine Liebeserklärung

Du bist der Ort
an dem ich mich
fallen lassen kann
In Momente
die einfach groß sind
voller Sinnlichkeit
in die wir
unvorhersehbar
hineinglitten
Weich, samtig
kriecht dieses Empfinden
die Bauchhöhle entlang
Wenn du aufstöhnst
die tiefe Nacktheit
meines Körpers erregst
dann breitet sich in mir
ein Empfinden aus
das nur du mir geben kannst

Das

Was ich für dich empfinde
versprüht alle Farben
Matte Grautöne versickern
Schwarz löst sich auf
tintendunkle Gedanken verschwinden
Du hast sie aufgelöst
wie einen Eiswürfel
im warmen Wasser

Goldockerton des Spätsommers

Danke
für ein wundervolles
halbes Jahr
Die Zeit liegt nicht mehr
wie ein Meer vor uns
Ich habe keine Angst mehr
davor
nicht mehr jung zu sein
nicht mehr schön genug
Es ist wunderbar
die Frau an deiner Seite
in deinen Armen zu sein
Gestatte mir
immer wieder
dich zu berühren
dich zu verführen
lass dich küssen
Ich möchte dich lachen sehen
es ist das Licht in deinen Augen
die Wärme in deinem Herzen
Du lässt mich leben
gleich einem leuchtenden Kristall

In Anlehnung an Pablo Neruda

Meine Küsse rasten nicht
klettern hinab wie Efeu
neben dir, über dir, auf dir
gieriger Mund
trunken vom langen Küssen
im Kreuz deiner Arme

Lass meine Finger laufen
meine Hände werden nicht satt
Es ist ein Streicheln
das in Brand setzt
in diesem Gelände
erregender Bloßheit

Liebe mich, begehre mich
Ich nehme dich auf
Wie eine Welle am Strand
drängt mein Körper zu dir
unendlich nahe
wenn du mir nahe bist

Lass uns

Lass uns die Welt
neu entdecken
mit dem Lachen der Hoffnung
und wiedergefundener Freude
Wir wissen nicht
wo es herkam
wir wissen nicht
wo es hinführt
Lies in meinen Augen
das stille Glück
dann dreht sich mein Herz
wie ein Kreisel

Der schönste Platz dieser Welt

Ich durfte viele Weltwunder betrachten -
die Schönheit des Taj Mahal,
die Leichtigkeit des Palastes der Winde
Fuhr den Löwen hinterher,
zählte Elefanten in der Savanne
Bewunderte regungslose Faultiere und Krokodile
Schmetterlinge, größer als meine Hände
Schweißüberströmt kletterte ich
ins Innere der Pyramiden
Ließ mich treiben auf den Wellen des Toten Meeres
Lief durch enge Schluchten
um den Tempel in Petra zu besuchen
Tränen liefen über meine Wangen
beim Anblick Chichen Itzas
Stand in Florenz mit offenem Mund vor David
Lauschte dem Rauschen der „Sieben Schwestern"
Wind verzwirbelte mein Haar
an den Cliffs von Moher
Meine Augen verloren sich
in den unglaublich schönen Mosaiken
entlang der Seidenstraße
Erklomm die chinesische Mauer
blickte hinab vom höchsten Turm dieser Erde
Meine Nase tauchte ein
in den betörenden Duft des Weihrauchs im Oman
Hörte dem Echo der Muezzine
bei heißem Pfefferminztee am Gauklerplatz zu
Trank Granatapfelsaft, frisch gepresst
vor den Toren der Blauen Moschee -
Doch der Raum, in dem ich dir begegnete
ist der schönste Platz dieser Welt

Aufgewacht

Aufgewacht
und da bist du -
spüre deine Wärme
mit meiner
Dein Atem kitzelt mich
Meine Küsse ankern
an deinen Lippen
Es entweicht ein Lachen,
das die Bettkante
hinunter purzelt

Warum lieb ich dich

Wenn ich liebe
sehe ich die Person
egal wie alt
egal wie gezeichnet
sie auch sein mag
Ich liebe dich
nicht nur weil du
so wunderschöne Bilder malst
Skulpturen formst
Ich liebe dich
weil du mich zum Lachen bringst
wir uns gegenseitig begeistern können
austauschend
erzählend
plaudernd
Weil du es magst
wenn ich dir vorlese
du meine Poesie verstehst
denn sie
ist die Farbe meiner Seele
Ich liebe dich
weil du in mir
das Staunen dafür bewahrst
wie alles sprießt und wächst
bis es sattgrün und bunt blüht
dein Heim einhüllt
Ich liebe dich
weil ich dein Weggefährte sein darf
der mitgeht
mitsucht
mitgestaltet

Ich liebe dich
weil du mich tröstest
wenn ich traurig bin
Ich kann mich an dich schmiegen
nicht erst
im schwindenden Licht der Sonne
wenn der Mond schmal am Himmel steht
Ich will dich nicht verformen
bleib immer so wie du bist
so freundlich
so liebevoll
so sanft
so zärtlich
Zeig mir meine Grenzen
wenn meine Gefühle
mit mir Karussell fahren
Du musst wach sein
um sie zu bemerken
Sie überrumpeln meine Logik
Mein Herz
mitgerissen von gewaltige Fluten
ist stärker
als mein Verstand
Es erkennt mehr
als meine Augen
Ich mag nicht nur ein Name
auf deiner Liste sein
Liebe mich so wie ich bin
für den Rest unseres Lebens

Wenn deine Hände

Wenn deine Hände mich berühren
richten sich meine Knospen auf
wie kleine Soldaten
unter einem Befehl
Dann genieße ich
dieses erregende Verlangen
Mein Empfinden
fährt mit mir Karussell
Alles dreht sich
Ich taumel
Deine Sanftheit
lindert das „Sich Verzehren“
Endlich Schluss mit den Tagen
zwischen Gefühl und Verstand
Nun darf das Herz stärker sein
als die Vernunft
Tausend kleine Gefühle
nehmen Platz
Mit triefend nassem Schoß
vergrabe ich mein Gesicht
in deinen weichen Härchen
nichts auslassend
zwischen Knien und Mund

Bei dir

Bei dir
dort wo die Stadt ausfranst
sich im Grün verliert
begrüße ich
mein neues Leben
mit offenen Armen
Es tut gut
schafft Nähe und Vertrauen
schenkt Geborgenheit
versprüht Zärtlichkeit
glücklich lache ich
der Zukunft entgegen

Ist es Liebe

Sie erscheint aus dem Nichts
macht blind
doch trotzdem
lässt sie einander erkennen
Ein ganz bestimmter Geruch
die Luft schwer von Aromen
Sie entzündet Verlangen
unfreiwillig, schüchtern,
zärtlich, tiefer, dann gewaltig
Sie nimmt den direkten Weg
ohne abzuzweigen
Wir verlieren den Atem
unter warm herumstreunenden Händen
mit trockenem Mund
Sie braucht keine Beweise
kann nicht erzwungen werden
ist voller Überraschungen
unwillkürlich, unkündbar
Sie ist einfach da
wenn wir zwischen Küssen lachen

Hör bloß nicht damit auf

Tagträume
verwandeln Phantasien
in brennende Bilder
Augenblicke der Qual
erfüllt von ungemeiner Sanftheit
bleiben nicht aus -
in offenen Räumen
Finger wandern
über ihren Rücken
Seine Hand
ganz leicht, ganz zärtlich
umschließt ihre Schulter
Dieses einfache Durchqueren
lässt ihren Körper aufwallen
Der Fluss hört nicht auf -
nur Licht und Hitze sind zerflossener

Ein unverbrauchtes Wort

Ein unverbrauchtes Wort
eines, das leuchtet
sich auflöst
in klirrende Echos
Eines, das sich einprägt
sodass man es nicht vergisst
Ein solches Wort
würde ich gern finden
um dir zu sagen
wie lieb ich dich hab

Die erste Nacht

Die letzten Stunden
des alten Jahres
verkriechen sich
im Ticken der Uhren
bevor Nieselregen
ihre Minuten
gänzlich aufweicht
Erste Raketen sprühen
schon vor Mitternacht
in spektakulären Farben
Von überall glüht es,
knallt, zischt, heult
Jedoch das schönste Glühen
ist das Feuerwerk
nach dem Feuerwerk
Verrückte Zärtlichkeiten -
bei dem sie das Beben
ihrer Raserei
nur hinausschreien kann -
hinein ins neue Jahr

Zärtliche Hände

Manchmal
wenn ich dich ansehe
betrachte ich
jede Furche in deinem Gesicht
Alle werden von mir geliebt
besonders die, wenn du lachst
die unter deinen strahlend blauen Augen
Ich schaue auf deine Hände
die den Betrachter
nicht vermuten lassen
wie zärtlich sie sein können
Aber ich weiß es
spüre sie
genieße ihre Wärme
Wenn die Zeit es erlaubt
streichel ich
über deinen runden Bauch
bette meinen Po unter ihn
bevor wir zusammen einschlafen
lasse deine Arme mich schützen
Sie schenken mir Geborgenheit
geben mir Heimat in dir

Feststellung

Sie funkt in deine Gedanken
sie kribbelt in deinem Bauch
sie macht dich nervös
sie ergreift Besitz von dir
ohne Logik
ohne Waage
ohne Vernunft
ohne Probezeit
Sie entführt dich
in Zustände ständiger Verwirrung
Dieses Gefühl
kann man nicht in Worte packen
Sie würden platzen
Doch sie mischt alle Farben
in dein Leben
immer wieder neu
Eine Mischung
immer wieder nuanciert
Sie hat etwas Heiteres
etwas Vergnügliches
Wärme
Sie spielt mit Fragen
die dahin treiben
ein spektrales Rätsel
unentwirrbar
überwältigend
wunderbar
unvergleichbar bunt
Entweder ist sie da
oder nicht
ich liebe dich

Bei dir

Bei dir
kann ich mich
vor dem Lärm
dieser irren, wirren Welt
verstecken
Du gibst den Rhythmus vor
den Beat
so sanft
so unerhört sanft
Eine schwindelnde Festigkeit
Mein übervolles Herz
tanzt deinem
zügellos
entgegen

Vollgeschrieben

Schon, wenn wir Abschied nehmen
freue ich mich
auf den Tag
an dem wir uns wiedersehen
Lange vorher
trage ich ein Lächeln im Gesicht
so, als wäre ich schon bei dir
in der Hoffnung
mehr hinterlassen zu haben
als Reifenspuren
die die Zufahrt deines Hauses
vollgeschrieben haben

Innenleben

Herzschlag

Hatte mein Herz
schwer vor‘s Gesicht gebunden
ein roher
aufgebrachter Klumpen
der mir blutig
ins Gesicht schlug
Diese Pumpe
ihr stakkatoartiges Hämmern
ihr blechernes Scheppern
hielt mich am Leben
trieb mich voran
Manchmal sogar genoss ich
den Schmerz
die Schläge
in der gespenstischen Stimmung
der verlorenen Zeit

Frei

Ihr Innen fühlt
als sei sie eine Biene,
die sich verirrte,
angelockt durch fremden Duft,
einen köstlichen Hauch Wärme,
schimmernde Lichtstrudel.
Nun mit letzter Kraft
der verzweifelte Versuch
ins Freie zu gelangen.
Unzählige Male
stößt sie mit dem Kopf
gegen die unnachgiebige Scheibe,
ihre zarten Flügel
zerbrechen fast
an der Wand aus Glas,
die ihr einen Ausweg vorgaukelt.
Ruhelos summend steigt sie empor,
fällt hart
bis ihr Summen
leiser wird.
Sie ringt keuchend nach Luft.
Ein glücklicher, windiger Moment
streicht über ihren Körper.
Langsam, konzentriert
fliegt sie
der Freiheit entgegen -
hinaus aus dem Müll
zerschlagener Träume.

Geschafft

Ein Schlachtfeld
substanzloser Formen
umfangen von einer tiefen
einsamen Leere
Angefüllt
mit Trümmerbergen
flüchtiger Momente
Sie kämpfte mühsam
gegen ihr Gefühl an
um nicht
am fast greifbaren Schmerz
zu scheitern
denn die Spiralen des Lebens
pulsieren laut
heftig, unaufhörlich
Sie wagte den Spagat
zwischen Trauer und Freude
langsam wanderten ihre Füße
über den Beton der Wirklichkeit
Sie hat ihr Lachen wiedergefunden
atmet
das köstliche Aroma des Lebens

Hilflos

Tatenlos muss ich zuschau'n
wie du geschlagen wirst
mit ungesagten Worten

Höre dir zu
wenn du getreten wurdest
von träger Teilnahmslosigkeit

Denke am Abend
an deine Traurigkeit
die sich in dir ausgießt

Weiß keinen Ausweg
dich aus dem Zustand ständiger Verwirrung
hinaus zu geleiten

Meine Worte versagen
werden im Ohr vergraben
fahren Karussell

Wünsche mir sehnlichst
dass du in den Alltag zurückfindest
ohne länger zu hoffen

Mögen die Wunden
die er hinterlassen wird
sich narbenlos schließen

Mein Denken

Manchmal erschrecke ich
vor den Gefühlen
die sich in mir ausgießen
meinen Verstand verwirren
mit Macht aus mir herausströmen
Jene Zeit, die wir miteinander teilen
eingehüllt in einen Geräuschteppich
aus Kaminholzknistern
tänzelndem Licht
Offenheit, Leichtigkeit
wohlige Wärme und Nähe
Verflochten mit dem Geruch
von Holz, Metall, Leinwand,
Farben und Waldpilzen
Ein Arrangement
von einzigartigen Stunden
Mein Denken schießt wie Fluten
über glattgewaschene Steine

Puzzle

Mit Freude und Wehmut
betrachte ich
die vergangenen Tage
und Nächte
Schön waren sie
Ich war ein vollständiges Puzzle
Heute -
fehlt mir ein Stück
Die Wirklichkeit
nimmt nie Urlaub
Mit diesem Loch
muss ich tagelang herumlaufen
Der Wind wird durch dieses Nichts blasen
Mir wird ganz kalt -
deine Wärme fehlt mir

Z(h)arte Zeiten

Die Oberlippe
in Kaffee getaucht
sieht sie
den Worten hinterher
die zwischen seinen Lippen
so schnell
hervor flutschen
als wollten sie
einander überholen
Ein Sumpf aus Worten -
der sie aufschäumte
aussaugte
der sich nicht so einfach
abkratzen ließ
Sie musste ihm
ins Gesicht sehen
Zwei Menschen im Transit
Sie hat alle Buchstaben
geschreddert
den Morast trocken gelegt

Freigeschaufelt

Freigeschaufelt
ist da jetzt Platz
zwischen mir
und meinem ersten Buch
das ich einmal
geschrieben habe
das mich an Worten
würgen ließ
das zu mir gehört
obwohl es sich heute
anders anfühlt
Aber ich erinnere mich
an jenes Gefühl
das es in mir hinterließ
Es liegt nicht mehr in mir
es tritt nicht mehr auf mir herum
Da ist jetzt eine Wärme
die blitzschnell
meine erkalteten Glieder
beweglich gemacht hat
da bist du

Zwischen den Jahren

Zwischen den Jahren
fühl ich mich kleiner als ein Zwerg
Gedanken springen an
spulen das Vergangene zurück
verquirlen wache und weggeträumte Tage
Ein Reservoir großer Emotionen
Das Neue, welches uns bereits erwartet
ist ein ungeschriebenes Buch
das mit Worten gefüllt werden will
ein leerer Block
der nach Farbe lechzt
Mit einem Lächeln auf den Lippen
können wir Abschied nehmen
Greifen zum Stift
denn zu zweit
sind wir einander
der größte Reichtum

Jedesmal

Der Gedanke an Abschied
versetzt mir einen Stich
jedes Mal
mit laut schreiender Gewissheit
Lachen, Nähe, Freude, Glück
schlüpfen mit mir
hinaus in die Nacht -
mein Herz friert

Obwohl ich glücklich bin

Wenn die Dämmerung
sich wie ein Fächer entfaltet
spüre ich ganz deutlich
wie sehr du mir fehlst
Dieses alles verschlingende Grau -
warum verschluckt die Dunkelheit
nicht auch meine Sehnsucht
Mir erscheint die Zeit
in der wir beieinander sind
viel zu kurz
Ich gebe mich der Vorfreude hin
In dieses wundervolle Gefühl
hülle ich mich
wie in eine Decke

Vielleicht

Wieder stapel ich
Buchstaben
Worte auf Papier
immer sind sie
zu ungenau
sausen wild herum
verrennen sich
Es waren nicht
meine Wörter
die dir
mein Vertrauen schenkten
Unser erster Kuss
hat es entschieden
Ich bin mir sicher
In dieser
berührenden Berührung
setzte alles in mir aus
Vielleicht
irgendwann
vielleicht
schenkst du es mir auch
vielleicht

Einzug

Worte auf Papier
sind mehr
als dunkle Buchstaben
auf weißem Grund
Nicht schwarz und konturlos
Sie können deine Welt
neu erschaffen
Emotionen wecken
Sie sind nicht leer
nachdem du sie gelesen hast
Du kannst dich
in ihrem Klanggewebe
verkriechen
ohne die Welt zu verlassen
Ich habe deine Worte
bei mir einziehen lassen
trage sie bei mir
nun bin ich bewohnt

Ganz und gar

Diese hauchdünne Grenze
dieser Hauch von Ahnung
diese Sekunde vor der ersten Berührung
dieses innere Zittern
dieses Rufen und Ziepen der Lust
dieses ungestillte Begehren
das wir zwischen unseren Schenkeln tragen
wenn unsere Körper sich suchen im Rausch
Im überwältigendem Überschreiten
in wunderbarer Ekstase
sind wir glücklich
ganz und gar

Flecken

Ich hülle mich in mein Leben
Eine grell bunte Patchwork-Decke
auch wenn einige Teile
ziemlich düster sind
meinem Alltag alle Farbe nahmen
hielt ich ihn aus
diesen immer nagenden Schmerz
Mir war bewusst
ohne Bewegung
wird meine Welt
kalt, dumpf und farblos
Folgte meinem Bauchgefühl
Intuitiv füge ich seit Jahren
wieder Liebe und Vertrauen hinzu
Streife die letzte dunkle Dekade ab

Probezeit

Wenn die Zeit
der Erprobung
nie endet
fühlt es sich an
wie ein Haus ohne Wände
ein Schiff ohne Boden
ein Baum ohne Krone
ein Gedanke ohne Sinn
ein Wort ohne Klang
ein Vogel ohne Flügel
Wurzeln können keinen Halt finden
ohne Vertrauen

Kalt

Wenn die Temperaturen
wieder Richtung
Wollmütze und Schal sinken
in diesem Frühling
sich durch erstes Grün
durch Blütenfarben schlängeln
die wieder einen weißen Schleier
tragen müssen
ist das Sehnen nach Wärme
fast hörbar

Wie spät

So voll sind die Tage
und Nächte
alles dreht sich
wenn wir einander entdecken
Wir sind dankbar
für diese Stunden
dass wir sie lauthals leben
sie nicht still
verstreichen lassen
Ich erinnere mich
immer wieder
an dutzende
an alle
deine Geschenke
Schläfrig,
doch zugleich neu geboren
bin ich dem Himmel
ein Stück näher
Du vergräbst dein Gesicht
in meinem Haar
umschließt mich
wie ein Löffel
Wie spät mag es sein?
Du siehst dich um
„34 Uhr so ungefähr“
und wieder muss ich lachen

Endlich

Sie teilt ihr Alleinsein
mit Kissen und Laken
drumherum ihr dunkles Zimmer
Unruhe erfasst sie
es kribbelt in ihr
denn er hat eine Sehnsucht in ihr geweckt
die sie längst verloren glaubte
Endlich bricht der Tag gnädig an
an dem sie sich wieder einmal begegnen
Voll mit Lachen, Freude und Zärtlichkeiten

Hinter mir

Du stehst hinter mir
Ich sehe dein Gesicht nicht
Ich erkenne den Duft
der meine Sinne
immer auf's Neue betört
ein unerschöpfliches Reservoir
Bilder in mir
Bilder voller Zärtlichkeiten
Warme, raue Hände
pendeln vom Ohr zum Kinn
scheinbar
um deren Formen
genau zu studieren
Lass sie laufen
tiefer

In ständiger Umarmung

In ständiger Umarmung
ummantelt mich dein Blick
in ständiger Umarmung
laufe ich durch den Tag
in ständiger Umarmung
legt sich Sonne auf meinen Körper
in ständiger Umarmung
fließt Mondlicht über meine Haut
in ständiger Umarmung
liegt eine Art Zärtlichkeit in deiner Stimme
in ständiger Umarmung
berste ich wie eine Fensterscheibe
Dieser Umarmung setze ich mich aus ohne Maske
In dieser Umarmung
frage ich nie mehr -
ich bleibe still

Genuss

Lasse mich
von meinen Emotionen
beflügeln
umschwirrt
von deinen warmen
Atemflocken
Diesem wohltuenden Gefühl
Ich genieße
dieses Glück
dort zu sein
wo ich jetzt bin

Gabriele Franke
Tango im Wind
Gedichte
Lorbeer Verlag

GABRIELE FRANKE
MEIN GESCHENK AN DICH
DEIN GESCHENK AN MICH
GEDICHTE ÜBER DIE LIEBE
Lorbeer Verlag

Gabriele Franke
BLAUES
LACHEN
BLEIBT
Lorbeer Verlag

Christian Grimm
dem Meer entgegen
Gedichte
Lorbeer Verlag